The Birthday Cake

La torta di Compleanno

Anna Donatella Ferrera

Published by New Generation Publishing in 2018

First Edition

www.newgeneration-publishing.com

New Generation Publishing

Per Simone e Flavio

Only through the eyes of children can
adults rediscover they joys of life.

Solo attraverso gli occhi dei bambini gli
adulti possono riscoprire le gioie della vita.

Grazie dai Nonni Campo

APPY BIR
HDA

Simo and Fla are a little gloomy today because yesterday was their birthday. Now they have to wait a long, long time for their next birthday.
Being twins their mummy only bakes them one birthday cake but it's always so, so big that it's like two cakes in one. Both brothers love birthdays so much that they decide to prepare a birthday cake for old Mrs. Elderflower.
Mrs. Elderflower is a funny old lady who lives next door to them. Fla calls her the chewy lady because she is always chewing sweets. She likes sticky sweets, long colourful candy sticks, but her favourites are soft jelly sweets. Mrs. Elderflower always wears a purple hat with an elderflower poking out of it, purple is her favourite colour.

Simo e Fla sono un po' tristi oggi perché ieri era il loro compleanno. Ora devono aspettare molto, molto tempo prima del loro prossimo compleanno.
Essendo gemelli la loro mamma prepara loro una sola torta di compleanno ma è sempre così grande che è come se fossero due torte in una.
Entrambi i fratelli amano i compleanni così tanto che decidono di preparare una torta per l'anziana Signora Sambuco.
La Signora Sambuco è una buffa ed anziana signora che vive alla porta accanto. Fla la chiama "La signora gnam" perché sta sempre a mangiucchiare dolciumi. Le piacciono le caramelle appiccicose, i bastoncini di caramella lunghi e colorati, ma le sue preferite sono le morbide caramelle gelatinose.
La Signora Sambuco indossa sempre un cappello viola con un fiore di sambuco che ne sbuca fuori, il viola è il suo colore preferito.

"Let's go and ask Captain Fly and Miss. Tilly if they will help us." Says Fla jumping about excitedly.

Captain Fly is a big colourful bird who comes from a faraway country. Everybody calls him Captain because he is a bossy bird, always shouting out instructions.

Miss. Tilly, she is a pretty little poodle, she loves dancing and dances around all day long.

"We want to make a birthday cake for Mrs. Elderflower." Shout Simo and Fla running to the bottom of the garden to meet their friends.

"A cake? It's a difficult grown up task." Says Captain Fly.

"But it's Mrs. Elderflower's birthday and she's all alone. Let's make her a purple cake!"

"I think I need to put on my captain's hat for this job, it's going to be difficult but let's try."

"Andiamo a chiedere alla Signorina Tilly e a Capitan Volo di aiutarci" Dice Fla saltellando eccitato.

Capitan Volo è un grande uccello colorato che viene da un paese molto lontano. Tutti lo chiamano Capitano perché è un pennuto autoritario, sempre ad urlare istruzioni.

La Signorina Tilly, è una piccola e graziosa barboncina, ama ballare e balla tutto il giorno.

"Vogliamo fare una torta di compleanno per la Signora Sambuco!" Gridano Simo e Fla correndo verso il fondo del giardino per incontrare i loro amici.

"Una torta? Ma è un compito difficile, da grandi," Dice Capitan Volo.

"Ma è il compleanno della Signora Sambuco e lei è tutta sola! Facciamole una torta viola!"

"Penso che dovrò mettere il mio cappello da capitano per questo lavoro, sarà difficile ma proviamoci!"

The four friends sit on the rickety garden wall and start to discuss what they need.

"Ohhh Miss. Tilly will you dance into the house and fetch some paper and a pen? We need to make a list." Says Captain Fly.

Miss. Tilly dances to the house and back, the only thing is, it seems to take her forever.

"Can I write? Can I write?" Asks Simo and then Fla.

"LIST"

- The freshest eggs
- The sweetest honey
- The whitest flour
- The creamiest butter
- Purple sweets

I quattro amici si siedono sullo sgangherato muretto del giardino e iniziano a discutere di cosa hanno bisogno.

"Ohhh Signorina Tilly potresti danzare dentro casa a prendere della carta ed una penna? Abbiamo bisogno di fare una lista." Dice Capitan Volo.

La Signorina Tilly danza avanti e indietro per la casa, l'unico problema è che sembra metterci un'eternità.

"Posso scrivere io? Posso scrivere io?" Chiede Simo e poi Fla.

"LISTA"

- Uova freschissime
- Miele dolcissimo
- Farina bianchissima
- Burro cremosissimo
- Caramelle viola

First they go down the road to Harriet the singing hen.
"Good morning little ones." Sings Harriet.
Captain Fly was all cantankerous. He doesn't like it when they call him little.
"I'm the captain here so I'm not little." Says Captain Fly. "We need some eggs." he adds.
"Eggggggggs! my precious eggs!" Sings Harriet.
"Please, please, please Harriet, we need some eggs to make a birthday cake for Mrs. Elderflower." Ask Simo and Fla politely.
Harriet jumps off her nest as quick as a flash. "Seems like you two little ones asked me politely and used the pagic magic word. Take what you need."
"Thank you Harriet."

Come prima cosa scendono fin da Clara la chioccia cantante.
"Buongiorno piccoli." Canta Clara.
Il Capitano era tutto scorbutico. Non gli piace quando lo chiamano "piccolo".
"Sono io il capitano qui, quindi non sono piccolo!" dice Capitan Volo "Abbiamo bisogno di alcune uova." Aggiunge.
"Uoooooooooova! Le mie preziose uova!" Canta Clara.
"Per favore, per favore, per favore Clara. Abbiamo bisogno di alcune uova per fare una torta di compleanno per la Signora Sambuco." Chiedono Simo e Fla educatamente.
Clara salta giù dal suo nido veloce come un lampo. "Sembra che voi due piccoli abbiate chiesto educatamente ed usato la mega-magica parola. Prendete ciò di cui avete bisogno."
"Grazie Clara."

A bit further down the road they stop at farmer Arol.
"Good morning children." Says farmer Arol.
Once again Captain Fly is pacing about angrily. He wants to be the Captain not a child.
"I'm a captain not a child." says Captain Fly. "We need some butter." He adds.
"Some butter! My butter is precious, it is made from the whitest and creamiest milk my cows give me every day.
"Please, please, please Farmer Arol, we need some butter to make a birthday cake for Mrs. Elderflower." Ask Simo and Fla politely.
Farmer Arol looks at the two boys, he goes into the farmhouse and comes back with a big pat of butter.
"Seems like you two little ones asked me politely and used the pagic magic word. Here's your butter."
"Thank you farmer Arol."

Dopo essere scesi un altro pò si fermano dal fattore Arol.
"Buongiorno bambini." Dice il fattore Arol.
Ancora una volta Capitan Volo cammina su e giù arrabbiato. Lui vuole essere un capitano, non un bambino.
"Sono un capitano, non un bambino." Dice Capitan Volo "Abbiamo bisogno di un po' di burro." Aggiunge.
"Un po' di burro! Il mio burro è prezioso, è fatto dal più bianco e cremoso latte che le mie mucche mi danno ogni giorno."
"Per favore, per favore, per favore fattore Arol. Abbiamo bisogno di un po' di burro per fare una torta di compleanno per la Signora Sambuco." Chiedono Simo e Fla educatamente.
Il fattore Arol guarda i due bambini, va all'interno della cascina e ritorna con un grosso panetto di burro.
"Sembra che voi due piccoli abbiate chiesto educatamente ed usato la mega-magica parola. Ecco il vostro burro."
"Grazie fattore Arol."

HONEY

Whilst walking down the road to get the rest of the things they need, they hear Miss. Beeatrice Busy Bee buzzing around.
"Good morning winnies." Says Miss. Beeatrice Busy Bee.
Once more Captain Fly is angry. He wants to be the captain not a winnie.
"I'm a captain not a winnie." Shouts Captain Fly. "We need some honey." He adds.
"Some honey! My honey is precious, it is as precious as a gem and sweeter than sugar."
"Please, please, please Miss. Beeatrice Busy Bee, we need some honey to make a birthday cake for Mrs. Elderflower." Ask Simo and Fla politely.
Miss. Beeatrice Busy Bee buzzes in circles around Simo and Fla, she's flying around in the sky drawing circles faster and faster and faster.
"Seems like you two winnies asked me politely and used the pagic magic word, follow me to the bee tree and you can have as much honey as you need.
"Thank you Miss. Beeatrice Busy Bee."

Camminando lungo la strada per prendere il resto delle cose di cui hanno bisogno sentono la Signorina Apele Ape Affaccendata ronzare in giro.
"Buongiorno orsetti." Dice la Signorina Apele Ape Affaccendata.
Ancora una volta Capitan Volo va su tutte le furie. Vuole essere un capitano, non un orsetto.
"Sono un capitano, non un orsetto!" grida Capitan Volo. "Abbiamo bisogno di un po' di miele." Aggiunge.
"Un po' di miele! Il mio miele è prezioso, è prezioso quanto una gemma e più dolce dello zucchero."
"Per favore, per favore, per favore Signorina Apele Ape Affaccendata. Abbiamo bisogno di un po' di miele per fare una torta di compleanno per la Signora Sambuco." Chiedono Simo e Fla educatamente.
La Signorina Apele Ape Affaccendata ronza in cerchio attorno a Simo e Fla, volando poi nel cielo formando dei cerchi sempre più veloce, sempre più veloce, sempre più veloce.
"Sembra che voi due orsetti abbiate chiesto educatamente ed usato la mega-magica parola, seguitemi all'albero delle api e potrete avere tutto il miele che vorrete."
"Grazie Signorina Apele Ape Affaccendata."

FLOUR

A bit more further down the road they stop at Mr. Gutzwiller, the miller.
"Good morning little people." Says Mr. Gutzwiller in his strong German accent.
Yet again, Captain Fly doesn't want to be called little.
"Look at me!" Shouts Captain Fly. " I'm not little, I'm a big strong captain. We're here because we need some flour."
"Flour! my precious white flour."
"Please, please, please Mr. Gutzwiller, we need some flour to make a birthday cake for Mrs. Elderflower." Ask Simo and Fla politely.
"You two little boys are good boys and because you asked me politely and used the pagic magic word, I'll give you a big sack of my finest white flour."
"Thank you Mr. Gutzwiller."

Un po' più in là nella strada si fermano dal Signor Gutzwiller, il mugnaio.
"Buongiorno personcine." Dice il Signor Gutzwiller nel suo forte accento tedesco.
Ed ancora una volta Capitan Volo non vuole essere chiamato "piccolo".
"Guardami!" Urla Capitan Volo "Non sono piccolo! Sono un capitano grande e forte! Siamo qui perché abbiamo bisogno di un po' di farina."
"Farina! La mia preziosa farina bianca!"
"Per favore, per favore, per favore, Signor Gutzwiller. Abbiamo bisogno di un po' di farina per fare una torta di compleanno per la Signora Sambuco." Chiedono Simo e Fla educatamente.
"Voi due bimbi siete dei bravi bimbi e dato che avete chiesto educatamente ed usato la mega-magica parola vi darò un grande sacco della mia più bianca e fine farina."
"Grazie Signor Gutzwiller."

The last stop is just next door to Mr. Gutzwiller's mill, it's Mr. Topson's sweet shop. It's a tiny shop with hundreds and hundreds of glass jars full of sweeties. There are big jars, small jars, short fat tubby jars and very long thin necked jars.
"Good morning, what can I do for you kiddies?"
For the fifth time Capitan Fly is in a fit and flaps his wings angrily. "I'm Captain Fly, not a kid, winnie, child or little person, I AM CAPTAIN FLY." He says.
"Oh right! Well friends what can I do for you?" Says Mr. Topson smiling happily.
"Ahh right, we need some purple sweets," Orders Captain Fly. Mr. Topson looks at them rather puzzled.
"Please, please, please Mr. Topson, we need some purple sweets to decorate a birthday cake for Mrs. Elderflower." Ask Simo and Fla politely.
"Now, seems like you two little kiddies asked me so politely and used the pagic magic word, here's a big bag of purple sweets."
"Thank you Mr. Topson ."

L'ultima fermata è proprio di fianco al mulino del Signor Gutzwiller, è il negozio di caramelle del Signor Topson. E' un piccolo negozio con centinaia e centinaia di barattoli pieni di caramelle.
Ci sono barattoli grandi, barattoli piccoli, barattoli bassi e tarchiati e barattoli alti dal collo sottile.
"Buongiorno, cosa posso fare per voi personcine?"
Per la quinta volta Capitan Volo si infuria e agita le sue ali con rabbia. "Io sono Capitan Volo. Non un bimbo, bambino, piccino o personcina, IO SONO CAPITAN VOLO!" Dice.
"Oh giusto! Bene, amici, cosa posso fare per voi?" Dice il Signor Topson sorridendo allegro.
"Ahhh giusto, abbiamo bisogno di alcune caramelle viola" Ordina Capitan Volo. Il Signor Topson li guarda con aria confusa.
"Per favore, per favore, per favore Signor Topson, abbiamo bisogno di alcune caramelle viola per decorare una torta di compleanno per la Signora Sambuco."
Chiedono Simo e Fla educatamente.
"Sembra che voi due personcine abbiate chiesto educatamente ed abbiate usato la mega-magica parola, ecco una grande busta di caramelle viola."
"Grazie Signor Topson".

The friends run home happily looking forward to baking the cake. Although Captain Fly wants to do most things, Miss. Tilly weighs out all the ingredients carefully because she is good at counting.

- One of honey
- Two of butter
- Three of eggs
- Four of flour

They mix all the ingredients carefully together in a big red bowl. It is hard stirring all the ingredients so they take turns.

One stir, two stirs, three stirs, four stirs, five stirs, now let's change.

One stir, two stirs, three stirs, four stirs, five stirs, now let's change.

They go on singing this song until the mixture is ready to be baked. Fla and Simo sit on the kitchen floor in front of the oven so they can watch the cake rise. In the meantime, Miss Tilly dances a lucky dance around the kitchen table and Captain Fly sits at the table checking that they have enough sweets.

The oven timer dings and the cake is ready. They carefully take it out of the oven and put it on the table. It smells delicious, it's perfect!

Gli amici corrono verso casa felici non vedendo l'ora di preparare la torta. Nonostante Capitan Volo volesse fare la maggior parte delle cose, la Signorina Tilly pesa con cura tutti gli ingredienti perché lei è brava a contare .

- Uno di miele
- Due di burro
- Tre di uova
- Quattro di farina

Mescolano tutti gli ingredienti con cura in una grande ciotola rossa. E' dura mescolare gli ingredienti quindi fanno a turni.

Un giro, due giri, tre giri, quattro giri, cinque giri, ora cambiamo.

Un giro, due giri, tre giri, quattro giri, cinque giri, ora cambiamo.

Continuano a cantare questa canzone fino a che l'impasto è pronto per essere infornato. Fla e Simo siedono sul pavimento della cucina di fronte al forno così possono vedere la torta cuocere. Nel frattempo, la Signorina Tilly balla una danza portafortuna intorno al tavolo della cucina e Capitan Volo siede al tavolo controllando che abbiano abbastanza caramelle.

Il timer del forno trilla e la torta è pronta. La portano cautamente fuori dal forno e la poggiano sul tavolo. Ha un profumo delizioso, è perfetta!

All the sweets are in little heaps on the table, from the lightest purple to the darkest. Miss. Tilly pours sticky white icing on the cake. All four begin to decorate the cake with long sweets, fat sweets, glittery sweets and jelly ones.
"It's super-duper perfect." Yells Miss. Tilly. They all jump up and down happily.
"How are we going to take it to Mrs. Elderflower's, it's so big?" Asks Captain Fly.
"You're the captain." They reply.
The birthday cake is covered with lots of sweeties, it is very, very big and heavy. The four friends think hard and harder and harder.
"The pram!" Yells Fla.
"Pram?" Says Captain Fly.
"Yes, yes, our old pram, it's in Daddy's shed at the bottom of the garden." Answers Simo.

Tutte le caramelle sono ammucchiate sul tavolo, dal viola più chiaro al più scuro. La Signorina Tilly versa una ghiaccia bianca e collosa sulla torta. Tutti e quattro iniziano a decorare la torta con caramelle lunghe, caramelle cicciotte, caramelle scintillanti e gelatinose.
E' super-iper perfetta!" Esclama la Signorina Tilly. Tutti loro saltellano su e giù felici.
"Come faremo a portarla dalla Signora Sambuco? E' così grande." Chiede Capitan Volo.
"Sei tu il capitano." Rispondono loro.
La torta di compleanno è ricoperta da molti dolciumi, è molto, molto grande e pesante. I quattro amici pensano attentamente, sempre più attentamente, sempre più…
"Il passeggino!" Esclama Fla.
"Passeggino?" Chiede Capitan Volo.
"Sì, sì! Il nostro vecchio passeggino, è nel capanno di papà, in fondo al giardino." Risponde Simo.

The boys run to Daddy's shed but they can't find the pram.
They look under the big wooden table, it's not there.
They look in a big old brown trunk, it's not there.
They look near a box of old toys, it's not there.
They look behind a squeaky rocking chair. Yes, it's there.
Simo and Fla dust their old pram. They find some purple ribbon. They make a big bow and tie it to the pram.

I bimbi corrono al capanno di papà ma non riescono a trovare il passeggino.
Cercano sotto il grande tavolo di legno, non è lì.
Cercano dentro un grande vecchio baule marrone, non è lì.
Cercano vicino ad una scatola di vecchi giochi, non è lì.
Cercano dietro una sedia a dondolo scricchiolante, sì, è lì.
Simo e Fla spolverano il loro vecchio passeggino. Trovano dei nastri viola, fanno un grande fiocco e lo fissano al passeggino.

Off they go to Mrs. Elderflower's. Simo, Fla, Captain Fly, Miss Tilly, cake and pram. The four friends are giddy and happy, they knock on Mrs. Elderflower's door.
"Who is it?" Asks a sweet voice.
"Happy Birthday to you.
Happy Birthday to you.
Happy Birthday Mrs. Elderflower.
Happy Birthday to you." They all sing together.
Mrs. Elderflower opens the door and all she can see is a big birthday cake in a pram.
"Surprise, Happy Birthday, Mrs. Elderflower."
"Ohhh thank you children, what a lovely surprise. I have never seen such a beautiful birthday cake. Let's all go into the garden and have a party." They all eat a big slice of birthday cake and drink some fizzy lemonade.
Mrs. Elderflower wheels her old piano out of the house. She plays some sing along merry tunes. Miss. Tilly begins to dance around the garden jumping over the flowers. Simo, Fla and Captain Fly follow her singing at the top of their voices.

Ecco che vanno a casa della Signora Sambuco, Simo, Fla, Capitan Volo, la Signorina Tilly, torta e passeggino.
I quattro amici sono allegri e spensierati, bussano alla porta della Signora Sambuco.
"Chi è?" Chiede una voce dolce.
"Buon compleanno a te,
buon compleanno a te,
buon compleanno Signora Sambuco,
buon compleanno a te!" Cantano loro in coro.
La Signora Sambuco apre la porta e tutto ciò che riesce a vedere è una grande torta di compleanno in un passeggino.
"Sorpresa, buon compleanno, Signora Sambuco."
"Ohhh grazie bambini, che adorabile sorpresa. Non ho mai visto una torta di compleanno così bella. Andiamo tutti in giardino e facciamo festa!" Tutti loro mangiano una grande fetta di torta e bevono della limonata frizzantina.
La Signora Sambuco spinge il suo vecchio pianoforte fuori da casa. Lei suona delle melodie orecchiabili. La Signorina Tilly inizia a danzare intorno al giardino, tra i fiori. Simo, Fla e Capitan Volo seguono il suo canto a scuarciagola.

www.ingramcontent.com/pod-product-compliance
Ingram Content Group UK Ltd.
Pitfield, Milton Keynes, MK11 3LW, UK
UKHW061134310726
14090UKWH00038B/1490

9 781787 197831